夕阳飞歌

潘兆龙　著

陕西新华出版

太白文艺出版社·西安

图书在版编目（ＣＩＰ）数据

夕阳飞歌 / 潘兆龙著 . -- 西安 ： 太白文艺出版社，
2025. 3. -- ISBN 978-7-5513-2955-2

Ⅰ . I227

中国国家版本馆 CIP 数据核字第 2025MZ7618 号

夕阳飞歌
XIYANG FEIGE

作　　者	潘兆龙
责任编辑	赵甲思
封面设计	周双凤
版式设计	宁　萌
出版发行	太白文艺出版社
经　　销	新华书店
印　　刷	四川科德彩色数码科技有限公司
开　　本	880mm×1230mm 1/32
字　　数	60 千字
印　　张	6.25
版　　次	2025 年 3 月第 1 版
印　　次	2025 年 3 月第 1 次印刷
书　　号	ISBN 978-7-5513-2955-2
定　　价	79.00 元

序

出走半生，归来仍是少年。

字如其人，诗，亦如其人。只有内心干净、纯粹的人，才能写下真挚深情而又尽显昂扬正气的诗歌。

透过一行行诗，似乎看见那个俊朗聪慧的少年，在父亲的谆谆教导下，每天描一张大仿，写一篇作文，绘一幅画，诵一首唐诗……看见那个既品学兼优，又掏泥做枪炮、凿墙筑鸟巢、自制红缨枪、挥汗捉知了、酷爱小人书……被小伙伴争相追随的阳光少年；看见那个十六岁踏入军校，二十岁奔赴前线的热血青年，历经炮火洗礼，变得更加坚定；看见那个三十六岁肩负重任的法律人，一直坚忍，一路凯歌。他奋斗半生，归来依旧热情洋溢，笔耕不辍。惊讶于他伏案奋笔写下作品的清雅与韵味，佩服他说干就干的超强执行力，更感慨他半生已过，内心依旧干净、纯粹，不被世俗浸染，不为人情折节，高大硬朗的外表下，居然有如此细腻、丰富的内心世界，并能将所见

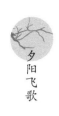

夕阳飞歌

所闻所思变成隽永的文字，妙笔之下成就诗之韵、歌之花。他志存高远，不期成名成家，只愿与读者共享，诗歌引发的无限激情，吟唱美丽的天地、山水、人间。

姜锡兰

2024 年 12 月 12 日

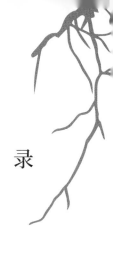

目　录

夕阳飞歌

夕阳飞歌

沉思与言志

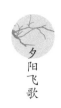

夕阳飞歌

夕阳飞歌

景物抒怀

木瓜树

孤独的木瓜树

已经褪去了

秋日的繁华

枝干嶙峋

如剑似龙

疏朗而清瘦

古铜色的皮肤

折射出坚忍与潇洒

最后一枚木瓜

没有与同伴相约而下

却在托举生命的枝丫里

驻足为家

夕阳飞歌

那么安详

如此融洽

冬去春来的二月里

绽放第一朵倾城的

木瓜花

雁归故乡

雁飞翔

浩荡荡

南湖上空一行行

西风起

寒潮冽

雁叫声声贯穹苍

塞北已飞雪

江南雨茫茫

独有密州麦草香

翘首唤飞雁

齐长城上旌旗扬

舜帝巡潍水

夕阳飞歌

东坡祈雨忙

十万人家读书处

折回是故乡

清晨的月亮

清晨

守候了一夜的月亮

固执挂在西天上

痴痴地

向东眺望

我知道

它在等升起的太阳

蟾宫泛微光

玉兔伴吴刚

桂花酒飘香

翩翩起舞的嫦娥

任凭寒夜的露水

打湿衣裳

旭日东升

穿透云雾

越过山岗

日月同辉

挂在天上

蒲公英

寒日风吹湖边飞

逍遥天地间

几来回

黄花吐蕊蜂蝶追

暮秋染苍白

心无悔

春萌夏艳秋色衰

几度风雨濯

羽伞飞

翩翩起舞情为谁

来年春风起

重葳蕤

落　叶

天寒地冻

枯黄的树叶

在寒风中站了许久

麻木的脚跟

无法在枝丫上站稳

无奈纷纷飘然而下

那是时光的信笺

承载着一页页

冬天的传说

树林里

落叶成阵

宛如金黄的绒毯

来一场雪吧

让落叶披上过冬的新袄

春风吹来

它又回到了枝头

抽芽、婆娑

水中鱼

西窗台面上

三条鱼

游荡在玻璃器皿里

金黄的尾翼

粉红的尖脸

在几十厘米见方的天地里

几乎不见消停

上游下潜

左转右翻

米粒大的眼睛

总往隔壁探看

书房里没有同类

更没有令鱼闻风丧胆的钩子、钓线

只有独处的主人

撒入几粒鱼粮

一日三餐

野　趣

寒冬时节

野鸭聚集在湖面

或三五成群

或单打独斗

与静谧的湖水

斑斓相融

忽而几只结群起飞

又有一只悬空俯瞰

高山、树林、云端

五彩的水面

大好河山

美丽画卷

寻觅心仪的港湾

漫天飞鸭

越过树梢

升到山巅

在苍穹盘旋

难道要离开生养它们的湖面

水中的野鸭声声召唤

短暂漂浮

几波俯冲

似在寻觅更富有的家园

空中传来群鸣

黑压压一片

如同一颗颗飞弹

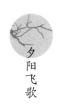

射向心仪的港湾

一望无际的湖水

成就鸭儿的

鱼水之欢

不败的月季花

春夏秋冬

一条湖边小径

伴我穿越四季

姹紫嫣红，花开花落

总有一抹红在眼前摇曳

月季花

一株与世无争的花

层层叠叠的花瓣

如同血玉雕刻而成

又如精美的绸缎

婀娜多姿

恬淡、清雅

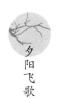

夕阳飞歌

花无百日红

唯月季花不苟同

从阳春三月到凛冽寒冬

美丽不仅在绽放时

更可贵于坚持、永恒

寒　风

一夜的冬雨

唤醒了梦中的风

并不呼啸

只是掺杂了盐的味道

虽不刺骨

但足以穿透晨练的轻衣

散落的树叶

如衰年的老妪

枯黄萎缩着

在风的驱使下

一时跃起

一会儿翻滚

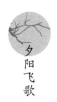

任由摆布

落地为家

山脚错落的农舍

炊烟爬过了山脊

无际的麦田

早已被寒霜包裹

常山云深处

阵阵呐喊声中

似有东坡穿越世纪的

吟唱:

老夫聊发少年狂。

左牵黄,

右擎苍。

……

鹊　巢

鹊儿之巢

筑在高枝上

独树一帜

北风已呼啸

冰冷如刀

草径横斜

晨霜尽染的枯黄

似有鸟儿叽喳

老眼昏花

栉比鳞次的水泥森林

人类占笼为家

冬暖夏凉笑春秋

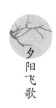

夕阳飞歌

高谈阔论忧寰球

天空起阴霾

雪欲下

谁念鹊儿家

风景与人生

空旷的天空

多彩的云朵

渐沉的夕阳

静谧的湖水

如诗，似歌

更像百味人生

酸甜苦辣

汇集成

漫漫长河

面对夕阳的思考

夕阳

不是难负重荷

而是一天的旅程

装载得太多

不是炫彩

而是生命的积蓄

总有燃烧的时刻

致常山

丰满的唇

上吻秋日天

下润南湖水

天地融合

只因你坚信

擎苍牵黄

听东坡的声音

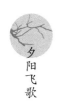

多情的柿树

一棵柿树

伸展的枝丫

挂满了金黄

收获的季节

不见一个竹筐

孩子们在追逐

老师们在吟唱

一颗颗熟透的柿子

如悬在天空中的

铃铛

满园的花朵

散发阵阵果香

多情的柿树

即使冬季来临

依然深情注视着

精灵们成长

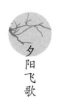

致海棠

海棠坚持着

等来冬雨的抚摸

绯红的脸庞

挂满了晶莹的泪

幸福

快乐

还是辛酸

阳光普照

风吹雨淋

成就了硕果累累

撒手告别的时节

仍坚守着依依不舍

是为了

嫩芽与花朵的付出

还是因为心底那份

无言的执着

还是落下吧

在冬雪来临之前

大地

在深情地呼唤

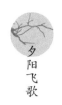

柔与色

水是柔的

光赋予色

色糅进水中

天地之间

便出现了

风景

观夕阳

夕阳

如同挂在树枝上的火盘

遮住我远眺的视线

我踮着脚

想探望夕阳的那边

是否也有如我的痴者

深情注视着

这团照亮生命的火焰

一朵野花

那朵挤在植被里的花

没来得及和秋天作别

就被冻得

僵直

我无奈地注视着它

它仍做出怒放的样子

虽然同伴已经枯萎、离去

褐色的茎

黄色的蕊

一滴紧紧抓住花瓣的露珠

在朝阳下哭泣

我知道

那是整个秋天最后一滴泪

当冬夜来临的时候

它会凝结成一个寓言——

一朵野花在立冬前

卑微的一生

一只鸭

一只鸭

因为多情的水面

倒映一只

形影相随

水上水下

好像谁也无法割舍

相互欣赏

趾高气扬

可是如果没了光

漆黑的夜

就只剩

无尽的迷惘

夕 阳

夕阳挂在半空

晚炊的炉火尚未点燃

归巢的鸟儿

飞翔在回家的路上

冬季的天空

总有莫名的苍凉

人生亦然

莫道桑榆晚

为霞尚满天

再望天际夕阳

炉火早已点燃

如同生命之神将你

引向诗的远方

两片枫叶

两片枫叶

在彼此相望中

牵手飘落

秋风的催促

晨霜的拍打

即使倒地

毅然将你

拥入怀里

鸭 韵

两只鸭

在盛满五线谱的湖水里

轻轻划过

斑驳陆离

水韵成歌

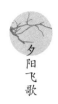

寒　兰

小雪时节赏寒兰，

幽香浸染静思轩。

傲骨仙姿伴夜阑，

诗韵歌情跃笔端。

月季花

岸边月季惹路人，

风吹雨打守本真。

此花坚忍不褪色，

一年常占四时春。

画　卷

夕阳如火别样红，

野鸭逍遥入倒影。

天地融合舒画卷，

龙城多少不老翁？

雏　燕

避雨借君屋檐下，

莫笑雏燕未安家。

来年春花争艳时，

满巢尽是黄嘴巴。

绿岛印象

山似青龙云如烟，

水漫芦草聚港湾。

绿岛常有小舟绕，

天高地阔鸟飞天。

牵牛花

此花生来非奇葩，

偏爱攀缠吹喇叭。

登顶临风脸潮红，

寒霜袭过入泥沙。

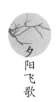

高压线上的鸟

雌雄老幼一线牵，

高压电流穿爪间。

为有振翅多豪情，

背负理想冲霄汉。

远眺小镇

城秋草木深，

雾拂行路人。

鸭栖芦苇荡，

举目是小镇。

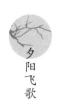

鹊 歌

脚下朱红瓦，

头上蔚蓝天。

起舞吟高歌，

红运降尘寰。

摄

你摄湖中景，

我拍景中人。

遥问画中君，

何物聚精神？

路边的一株菊花

我花开后百花杀，

古城争艳一菊花。

冬雨寒风任揉捏，

众香国里称奇葩。

心惜落叶

一夜细雨催叶落，

步止轻绕恐踏破。

四季轮回感岁月，

冬去春来重婆娑。

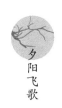

小雪日

寒霜覆衰草，

残花展纤腰。

小雪浮云上，

何日玉鸾飘？

马耳山

马耳立峰端,

南望九仙山。

梨花可盛开?

梦乡感春暖。

清明踏青

南湖小雨润如酥，

常山马耳雾掩无。

清明几日可踏青，

桃花园里寻故土。

致太阳

偌大宇宙阳为天，

光芒万丈暖人间。

为度众生皆福颜，

日出江山红烂漫。

夏雨听音

雨落蝉声息，

蛙叫水洼底。

雷鸣自天际，

风吹梦乡里。

思 雪

大雪不封地，

不过三两日。

仰观艳阳天，

静待踏雪时。

南湖孤舟

大雪节气浓，

孤舟隐雾行。

遥祝船工哥，

家和万事兴。

观常山有感

寒风呼啸击水面，

雪云俯瞰是岸山。

似闻苏轼策马声，

挥鞭纵意焕新颜。

水映常山

绿树映碧水，

野鸭戏清陂。

放眼云雾处，

应是常山美。

清明时节观山水

常山摘云万佛刹，

南湖水美戏野鸭。

江山如画歌盛世，

清明烟雨更胜花。

五月有感

遥看万佛殿，

巍巍马耳山。

南湖起劲风，

朗朗五月天。

戏知了

窗外忽现一知了，

知了知了不停叫。

推窗未及伸手捉，

展翅已飞湖边了。

隔窗观鹊

窗外阵雨急，

鹊儿飞此止。

借君屋檐避，

后会总有期。

筑　巢

孤鸟寻巢落高枝，

不畏风寒扬声啼。

来春成家早谋划，

求得福地应逢时。

冬　至

冬至晚霞红满天，

缤纷暖色映冰面。

岁月无痕匆匆过，

人生出彩著新篇。

春 节

风雨送春归，

瑞雪迎春到。

龙年辞旧岁，

江山更妖娆。

二月二龙抬头

二月二日雷公鸣,

南湖岸山相映中。

春堤笛韵莫含忧,

早春芬芳伴雪融。

清明忆东坡

清明时节踏青忙，

新绿破土换新装。

常山雩泉今犹在，

不见东坡少年狂。

鸟儿放歌

宁登孤枝吟高歌，

不恋绿草安乐窝。

放飞青春能几何，

挥洒精彩耀山河。

春 雨

小雨昨夜又袭过，

小径润湿水斑驳。

花瓣早已随风落，

柳梢黄莺笑痴我。

河　畔

昨夜小雨唱春歌，

沐浴朝阳走西河。

鱼翔水面起微波，

一对水鸭忙捕捉。

初夏雨后有感

晨雾迷离看夏花，

痴情小雨一夜洒。

春光毕竟留不住，

人生几载好年华？

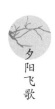

九龙河赏花

阵阵细雨润足下，

九龙河畔赏夏花。

江山万里景不同，

最美深处是我家。

临窗听蛙声

密州夜雨涨城池，

蝉息蛙鸣绕耳际。

君问何时不相思，

春夏秋冬未有期。

龙城喜雨

好雨眷福地，

祥云聚碧空。

乘风潜入夜，

偏爱大龙城。

军旅畅想

赤子丹心

我愿是一只飞燕

衔一枝赤红的山茶

日夜将你陪伴

我愿是一只白鸽

采几朵洁白的云彩

为你编织美丽的衣衫

我愿是一条小溪

缓缓流到你身边

滋养你的心田

赤红的山茶

是凯旋的召唤

洁白的云彩

夕阳飞歌

是平安的祝愿

那潺潺的流水

是战士对祖国母亲的

眷恋

致敬军旅生涯

想写一首诗

给三十年前的战友

但生怕说得太多

感情的包袱装不下

想掬一捧泪

给长眠疆场的烈士

但生怕念得太深

奔涌的思潮关不上闸

岁月沧桑

世事莫测

最难忘的还是

军旅生涯

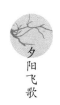

夕阳飞歌

敬畏那抹深红

崇拜那身草绿

赓续那种血性

无悔的青春

在硝烟中驻扎

在军营里发芽

八一正值盛夏

战友齐颂中华

如果军号吹起

再跨战马叱咤

录音机和三盒录音带

书房里

一台宝石花牌录音机

和三盒录音带

那都是

来自前线的

亲情记录

一盒装着我在猫耳洞里的

豪言壮语

无畏气概

另两盒承载着家中亲人的

深情问候

殷切期盼

夕阳飞歌

摁下按键

那久违的声音

穿越时空隧道

带我回到

那硝烟弥漫的高山、林海

重温

已尘封数载的父母之爱

一声叹息

几多感慨

军人就是这样

当卫国的军号吹响

将一切断然抛开

风雨兼程

奔赴硝烟弥漫的战场

甘洒青春热血

尽显新时代男儿

风采

军人的名字

给我一双翅膀

我要翱翔穹苍

给我一匹骏马

我要驰骋疆场

给我一把战刀

我要挥劈豺狼

军人的名字

就是这么响亮

行伍的胸襟

就是这么豪壮

今生拥有这个称谓

余生永护这荣光

八一忆战场

疆场烽火行

齐腰堑壕尽泥泞

无数猫耳洞

目睹战友鲜血流

怒火埋胸中

人在阵地在

血染山河红

卫国保家责任重

烈焰铸人生

回看沙场征战时

头顶如雨炮弹飞

脚下无数地雷藏

无畏无惧打冲锋

如虎似雄鹰

国泰民安凯旋还

当兵最光荣

山茶花前的遐想

在清清的山泉旁

在葱郁的松树下

我发现了她——

一株美丽的山茶

青翠的枝叶

娇嫩的红花

胜过塞北的冬梅

赛过婷婷的荷花

我轻轻地

摘下一朵

想寄给远方的妈妈

又想捎给美丽的她

我要用花

表达一句心里话

我愿像一株

美丽的山茶

在边陲扎根

在疆场发芽

等到凯旋的那天

开出一朵

更迷人的山茶花

他走了

他走了

真的，他离开了我

炮营里的同行

军旅中的战友

你为什么

为什么没有告诉我

竟走得这般静默

听你的军工战友说

你走的时候

没来得及

把一句话儿说

只是轻轻地

吻了吻身下这片沾染着鲜血的土地

……

啊

我的战友，我的好老哥

或许在我为你写诗的时候

你已遨游在属于你的天国

或许

你回到了家中

跪在老母面前

亲昵地叫了一声

妈妈

或许

你与妻儿手牵着手

在鲜花中戏逐

在电影院门口相约

或许，多少个或许啊

可这一切

只能是梦

伴随着你

在九泉之下度过

可是

谁能不说

这一切

你最有享受的资格

而你

却把这美好的一切

献给了战友

献给了家乡

献给了母亲——祖国

抉 择

战友

你最后的一次呼吸

还飘荡在疆场的烟云里

你最后的一次呐喊

还留在战友的记忆里

在雷鸣般的爆炸声中

你和祖国的土地融为一体

有多少无畏的献身

唯军人

勇毅抉择此壮举

标 杆

阵地

就是考场

战士

就是裁判长

战场上的干部啊

你可是战士的标杆

你可是战士的希望

在家里

父母抚育他们成长

疆场上

他们跟着你猎杀豺狼

你那压倒一切的身躯

战士当作铜墙

你那响彻山谷的呐喊

战士当作冲锋的号角

战场上的干部啊

你就是战士的兄长

你更似战士的爹娘

冲锋

他们紧盯你挥动的臂膀

防御

他们紧随你给子弹上膛

战场上的干部啊

有你的引领

有你的导航

战士就是淹没敌人的

大海汪洋

硝烟中的生日

醉悠悠

晃悠悠

难得喝此酒

边疆烽火急

沙场鲜血流

谁担忧

寄深秋

八千里外故乡里

遥见母亲泪水流

母亲啊，心太柔

出征之前难舍走

儿在疆场心担忧

为儿忧

天下父母心相通

感今生

眷眷母爱暖心头

展雄姿

挥戈惩敌寇

老照片

战场上的岁月

静静躺在相册里

硝烟里坚毅的脸庞

被定格在薄薄的相纸上

每当记忆回到疆场

翻阅慰藉饥渴

隔着尘埃

湿润了双眼

猫耳洞、堑壕、呼啸的炮弹

从记忆的井底被悉数打捞

战栗的指尖轻轻触碰

四十年前的战友

丛林、浓雾、高山

还有那些无法相逢的

天堂青年

征战的日子

烽火连三月

戎装少从容

挥泪别双亲

了却花想容

冲锋在沙场

归来悄无声

鬓衰感岁月

挥泪悼英雄

蓝天利剑

冬日傍晚

夕阳余晖未散

几架战机

带着巨大的轰鸣

在龙城上空盘旋

机翼下的指示灯

不停地眨眼

四片螺旋桨

飞速转出一个圆面

巡逻，训练

还是为了海疆一战

航空兵

守护蓝天的利剑

豺狼胆敢来犯

听候祖国召唤

扇动矫健的翅膀

射出正义的子弹

八一随感

又现八一军旗红，

挥戈沙场硝烟中。

身为男儿幸当兵，

保家卫国曾称雄。

登千佛山

四十年前千佛山，

军校学员山顶攀。

胸中填满报国志，

回首已是夕阳天。

忆疆场

驰骋疆场数年前，

男儿报国穿硝烟。

弹雨纷飞伴呐喊，

热血洒在天地间。

追忆参战岁月

御敌阵地布青山，

堑壕蜿蜒弹雨间。

粉身碎骨浑不怕，

冲锋号角威震天。

不忘英雄

岁月如斯久成梦，

血染英魂硝烟中。

新人未解不屑看，

保家卫国应称颂。

凯　旋

昔日得胜凯歌还，

挥别硝烟傲江山。

燃烧青春洒热血，

披甲征战为民安。

出　征

那年三月军号响，

二十芳华挎钢枪。

挥泪辞别潍河水，

八千里路赴疆场。

家　书

一封家书寄南天，

两行热泪落胸前。

为有牺牲多壮志，

铜墙铁壁铸平安。

掩护战友

一枚飞弹从天降，

离地三尺轰然响。

只身跃起如电光，

热血喷洒铸辉煌。

沉思与言志

忘不了

风雪临窗

煮一壶茶

散发着记忆的清香

润笔书过往

满目沧桑

忘不了

父亲的身影

茫茫雪地

眉已结霜

漫漫十里路

送儿上学堂

忘不了

高考的金榜

提前录取

喜报飞传

踏上军校征程

从此挎上钢枪

忘不了

卫国的战场

祖国召唤

吻别故乡

二十岁的青春

在硝烟中穿越、成长

忘不了

母亲的忧伤

儿行千里

泪湿衣裳

凯旋门前相拥

贴在心上

忘不了

正义的庭堂

手执法槌

心系众苍

公正的判决

稳定一方

忘不了……

耳顺之年

夕阳飞歌

往事如烟

感悟伴随着畅想

相信自己

新的凯歌已经奏响

欣赏自己

积蓄一身力量

明天拥抱远方

坚定一种信仰

未来不会迷惘

播放一种心音

总会穿越海江

强者的生命

处处是阳光

智者的征途

无须星星点亮

欣赏自己

让生命的火炬

高扬

享受过程

迎来旭日，送走夕阳

一朝醒来，一夜美梦

幸福与快乐

并不是抵达目的地

才有的收获

而是在追寻的

每一段旅途

尽情拥抱

美好的人生

属于你，属于我，属于他

抓住今天

登高望远

晨曦红满天

西风起

小径行人少入眼

秋欲去

繁枝已无余叶

莫等闲

旭日东升照人寰

抓住今天

水 晶

我家有块水晶

无缘价值连城

普通得就是一块石头

数年坚守在客厅

它拥有两种颜色

通透的白中包容着红

一缕缕羊毛般的红丝絮

如彩云绽放在苍穹

又如一团团火苗

燃烧着无穷的生命

那是火山爆发

喷涌的岩浆

与大海交融的结晶

对它

我一直情有独钟

尽管轻轻抚摸

略感一点冰冷

但我知道

那是它独一无二

冰清玉洁的

性情

寓意人生

花无百日红，

人无千日好。

西风终吹散，

入土化春泥。

谁言松不老？

境幽暂隐年。

孤独的赶路人

一条路

是心的选择

所谓心路

往前走

无人可阻

也没人催拥

只要坚定了方向

或阳光普照

或风雨交加、大雪漫地

定会烙下

坚实的印迹

路的远方

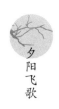

心的彼岸

已张开双臂

与你相拥

大雪日

大雪日的深夜

梦中雪花飘落

南湖已银装素裹

梦里心花怒放

终于盼来了

2024 年第一场雪

东方欲晓

睡眼蒙眬

梦境在脑海回放

也许梦想成真

颤抖的手

将窗帘轻拨

夕阳飞歌

朝阳已经四射

天蓝地净

雪没下

一丝遗憾堵在心窝

忽而心音在耳畔响起

莫急，莫急

瑞雪正朝龙城奔赴

朝　阳

东方渐渐微红

彩霞天空相拥

我急切地隔窗仰望

那张世界之脸

太阳

有您的普照

人间不再迷惘

万物得以生长

小鸟在林间歌唱

鹿儿追逐溪旁

万千人家

升起炊烟袅袅

广袤的土地啊

因您的光辉

周身皆是家的味道

如　果

如果不是因为秋风

如果不是因为寒冬

如果……

树叶怎么也不肯

离开相依为命的枝头

飘落

路边、沟壑、荒野

任由狂风发落

树枝摇曳着呼唤

鸟儿低吟着再见

繁华终将逝去

如这世间

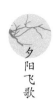

从五彩斑斓到苍茫一片

融入大地吧

树叶

化作养育母体的肥料

唱一曲

冬日恋歌

冬 雨

寒夜

四面八方的云

为了梦中的抱负

相拥在一起

彼此倾诉着

征途的艰辛与不易

狂荡的气流

撕裂着那片衣不蔽体

阴森的月光

笼罩得那朵云已不是自己

还有

难言的委屈

坎坷的经历

汇集成冰凉的

泪滴

洒向大地吧

于是

月亮笑了

云已消失

挑山工颂

再大的压力

挡不住你坚定的脚步

再多的汗水

遮不住你仰望的双目

挑山工

普通的名字

不起眼的群体

你却用无穷的力量

坚忍的毅力

铸就了伟大的精神……

为了理想和信念永不放弃

奋勇攀登

寄豪情

一个错误的决定

会断送一段征程

一个明智的选择

会唤来扬帆的劲风

远眺常山云浓

犹闻东坡狩猎声

壮志在胸

高扬猎猎战旗

开辟一片天地

称雄

秋雨思

一场秋雨一场寒，

一半露水一半天。

劝君且惜花开时，

风吹落去空自叹。

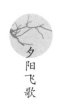

白露遇晴日

时至白露遇晴日，

古谚传来不作喜。

百姓来年可丰廪，

不奏高歌只务实。

初秋释怀

他花已落家花开，

春夏渐远秋香来。

四季轮回容颜衰，

拾笔摹物释情怀。

春来心往

老夫聊发少年狂，

密州出猎已过往。

江山犹在春来早，

再借东风向远方。

春 韵

山隐梦有你，

水蓝鸭已息。

大好山河在，

只缘为春痴。

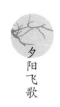

初春寄语

夕阳送寒朝春来，

小虫早已催花开。

心如南湖度四季，

意念众生皆开泰。

夜 读

夜起燃窗烛，

忽现霜如雨。

细品几页书，

可叹今与古。

七月二十二日财神节

湖畔周边起轰鸣，

商民争将财神请。

康庄大道征程远，

求神未必能显灵。

舟儿生日

中秋佳节数秋分，

少年十七逢生辰。

激扬文字展英姿，

意气风发担重任。

邀飞雪

晨光穿云映湖堤，

天寒地冻行人稀。

西风何时邀飞雪，

再颂丰年应不迟。

致耳顺之年

已是人间六十翁，

欲展双翅追大鹏。

风霜雨雪多少事，

笑傲人间独不同。

立 春

昨日立春今元宵，

远山近水冰未消。

南来微风带花香，

何时柳叶邀剪刀？

难忘少年读书时

风吹雨起花入泥，

片片新绿缀寒枝。

隔窗远眺雾深处，

难忘少年读书时。

生　日

五十九载感母恩，

甲辰之岁育儿身。

敬天敬地敬诸神，

龙行天下情最真。

落花遐思

昨夜春雨已歇息，

晨起落花铺满地。

四季轮回如弹指，

笑对沧桑志不移。

立　夏

人间四月芳菲尽，

谷雨辞春夏风来。

千回百转南湖畔，

天上人间此可待。

高 考

一路风驰无笛声，

人生大考今启程。

十年寒窗磨一剑，

万千学子尽题名。

夕阳飞歌

中　秋

朝霞喜迎中秋月，

稻花香飘染山河。

悲欢离合随风去，

举杯吟唱团圆歌。

暮秋吟

秋风劲扫掠三川，

叶片应声铺满地。

寒潮涌动催四季，

壮志在胸争朝夕。

感悟人生

残阳如血挂云间，

东升西落未间断。

人生没有不散席，

善恶良莠莫倒颠。

平凡与奋争

白鹭展翅吟高歌，

小鸭独恋安乐窝。

幸福何须鸿鹄志，

水浅无碍蛟龙过。

念苏轼立志

近水小岛观岸山，

犹忆东坡赋锦篇。

文武在身曾报国，

壮志长存耀百年。

龙　吟

东方风来祥云起，

龙行天下舞战旗。

人生能有几回搏，

老骥伏枥志千里。

忆少年赶年集

风拂湖面起涟漪，

山映佛光聚祥气。

遥想腊月少年时，

手攥毛票赶年集。

雪夜励志

灯火阑珊雪微光，

步履蹒跚欲扶墙。

老骥伏枥志千里，

前程似锦满芬芳。

思 民

日出东海西山落，

早起晚息红胜火。

煮茶一壶南湖暖，

心念百姓收成多。

扶淇河旁携儿做柳笛

春至寒未尽，

鹊归虫正眠。

晨醒追梦时，

儿催做柳笛。

夕阳飞歌

赏　灯

他年元夜满车灯，

今夕月下遍地花。

问君可数几多星，

镜中霜发映流霞。

雪 吟

雄鸡唱瑞雪，

素装裹山河。

苍穹赠丰年，

龙城奏春歌。

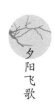

清明励志

今夕亥时清明至，

春雨悄临入梦时。

岁岁轮回感天地，

再谱新篇应不迟。

感四季

花因风儿落，

雨助禾苗苗。

来月踏麦浪，

远眺是秋波。

贺甘霖

春旱雨如金,

天眷龙城人。

一夜忘情洒,

秋实知感恩。

赞创业者

晨起弄清影，

最美九龙河。

感慨开拓者，

英名已镌刻。

夏日捉蝉

儿时蝉鸣绿荫间，

举竿粘蝉汗湿衫。

侧耳仰面觅声影，

最爱火热六月天。

九月九重阳节

今又重阳，

岁岁重阳，

远眺苍穹马耳藏。

偶现阳光，

菊黄不见蝴蝶忙。

残荷映秋水，

思绪回故乡。

致密州建设者

大鹏展翅九万里，

密州古城佳音起。

提笔凝思赋新词，

好歌好人好兄弟。

争创卫生城

三十二年前，

卫国赴前线。

星移到丁酉，

创卫攻坚战。

领导在前沿，

干群齐挥汗。

只为这座城，

旧貌换新颜。

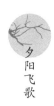

脱 贫

帮扶脱贫进农家，

左手提米右拎瓜。

问寒问暖问缺啥，

雨季来临需换瓦。

植 树

红旗招展满山谷，

破石钻坑镐飞舞。

誓将秃岭变绿洲，

遍野耸立幸福树。

三只猫

三只猫儿进高阁，

咕噜球球加多多。

讨吃贪睡喜来客，

妻儿宠爱奏欢歌。

咕　噜

咕噜有缘入家舍，

身披灰袍肉嘟嘟。

宽厚谦让促和谐，

三只猫中称大哥。

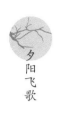

多　多

天赐萌宠唤多多，

宛若仙狐秀婀娜。

亲友上门抢迎客，

加菲猫界星一颗。

球 球

球球生来就洒脱，

黄色外衣赛小伙。

运动场上显英姿，

群猫高呼一帅哥。

刀口与伤口

刀口成就了伤口

伤口留下了记忆的

疤痕

刀口割裂了皮肉

请走了病灶君

伤口开始流血

浸染包扎的纱巾

疼痛叫醒每一根神经

于是愤怒的牙齿

留下深深的齿印

庆幸在生死的路口

做了一次过来人

肉体承载了生命

生命托起了灵魂

没有理由

不拥抱这世界

更没有理由不去爱

深爱你的人

献给执行勇士

当你还在梦乡

我已把警笛拉响

当你还在悠闲晨练

我已奔波在执法路上

威武的警服

执法的标志

只为实现判决的承诺

攻克执行难关

朝阳升起

酷暑难当

汗水湿透了衣裳

饥饿折磨着肚肠

愿执行的勇士

得胜回营

接受全院干警钦佩的目光

获"荣誉天平纪念章"有感

三十年，轰轰烈烈

三十年，苦辣酸甜

三十年，千言万语

岁月的历练

将石头炼成了金子

也让，石头风化成沙土

往事，随风而逝

青春，闪如光电

豪迈与精彩

已潇洒写入

宏伟的法治画卷

后　记

　　诗歌，如同一股清流，滋润着人们的心田，使人们感受到无尽的纯净与美好。《夕阳飞歌》是基于我多年对生活的深入观察与体验创作的，诗集分为"景物抒怀""军旅畅想""沉思与言志"三部分，汇集了我对自然之美的发现、对人生历程的沉思、对社会现象的感悟，是对我心灵的真实写照，反映了我的世界观、人生观、价值观。

　　本诗集的主题涵盖了生活的多个层面，形式包括古体诗和现代诗。我通过捕捉景物，观察社会动态，品味生活的艰辛与幸福，试图用通俗、准确且富有美感的语言，揭开事物的表象，挖掘深藏的规律与意义。既不张狂，亦不阴暗，尽量让每一首诗充满阳光和正能量。虽然谈不上完美，但尚存的缺憾更能驱使我策马扬鞭，奔向诗的远方。

　　本诗集的出版，只是我诗歌创作旅程中的一个小小的成果，今后的创作之路还很漫长。我虽已至耳顺之年，仍需要不断深入学习、反复推敲、如饥似渴地汲取经典诗歌

和现代优秀诗歌作品的营养，让自己在诗歌的广阔天地里再磨炼、再提升，用自己的拙笔勾勒出更加美好的意境，谱写出更加精彩的人生乐章。愿我的诗歌，为读者酿出玫瑰般的芬芳，赋予读者奋进的力量，并让读者真切领略诗歌的独特魅力，热爱生活、珍惜当下，共同拥抱美好的明天。

潘兆龙

2024 年 12 月 12 日